잘그락대는 잎들의

소리

KB191630

잘그락대는 잎들의 소리

박봉수 시집

차례

1부

3부

1부

그리움

비가 그치고
바람이 불었다
나뭇잎 사이로 황금빛
석양이 보였다 말았다

기다리는 건

발자국 같은 걸
움직일수록 찍혀지는
발자국

소나무야

소나무야 소나무야
오늘 너의 뿌리를 상상한다
각질 같은 껍질과 굳어버린 송진을 달고

소나무야 소나무야
언제나 푸른 네 빛*

오늘,
너의 뿌리가 있을
그 깊은 어둠을 상상한다

소나무야

* 동요 〈소나무〉 가사에서 차용.

낙산사(洛山寺)

바다를 그리워하는
너를 위하여
밀물 드는 바닷가
처마 끄트머리
목어(木魚)가 되었다

바람 소리를 좋아하는
너를 위하여
일렁이는 파도 따라
하늘 속으로
자꾸자꾸
춤을 추었다

황혼

흐린 날 아침
백발의 할매가 아침을 먹다가

하이고, 앵두가 하얗게 폈삤네
새가 앉았다고 가지가 흔들리샀네

할배는 설거지 끝내고
마루에 한참 있다가

어! 앵두가 폈삤네

황혼 2

아버지
정의가 지고
머리가 쪼개지도록 뼈가 부스러지도록 살아도
양심이 사기 당하는
이기 뭡니까
도대체 산다는 기 무슨 의밉니까, 예?!

불편한 허리를 꼿꼿이 등받이에 세우고
화선지에 매화를 그리던 아버지

의미 읊따

없기는 뭐가 없노
사는 기 다 의미지

어제 남긴 소주 반병과 전을 들고 오며
어머니가 말했다

고구마

저녁에 고구마를 삶았다
신 김치를 얹어
누렇게 익은 살점을 먹었다
제주도의 고구마
누군가의 총칼로 쓰러진
누군가의 시체를 핥아
퉁퉁하게 살이 진
제주도의 고구마

겨울 한 밤에
내 형제의 살점을
꾸역꾸역 삼키었다

헌사(獻辭)

감정을 잃어버린 눈빛으로
내 얼굴을 바라보는 너는
세상을 사랑하지 않아도 좋다
너의 시각은
사각의 구도로 잡혀진 TV의 영상
상상도
사랑도
스피커를 통해 들리는 기계 목소리
서울이라는 도시 위로
까마득히 쌓아 올리는 동상
너는 나를 사랑하지 않아도 좋다
카메라 렌즈에 붙잡혀
추위에 벌벌 떠는
나의 뒷모습을
9시 뉴스의 영상으로 바라보는 너는
눈물을
둑둑 흘려도 좋다

근조(謹弔) 2014

가을 단풍이 유난하네
봄부터 겨울 녘
퍼내지 못한 속이
저토록 아름다운가 보네

글쎄,
벌건 눈 소주 한 잔으로
그대들을 배웅하고 있는 것

노랗다 못해 벌겋게 소리 내는 가을

그대들에게
상향(尙饗)

그대들에게
눈물이
자꾸만 흘러내리네, 그려

문제다

소낙비가 오면
온 거리를 뛰어대던
터질 것 같던 때가 있었다
터져버렸어야 했다고 중얼대는
문제의 중년
그렇다고 내 아이에게
그 비를 맞아 보라 할 순 없는 일이고
제 나름의 비든 바람이든 햇살이든
그 무엇들이 한창일 텐데

사랑하니 문제고
사랑할 나이니 또 문제고
터질 것 같은 푸른 속이 있을 테니
참 문제다

세대 차이

날 추워져 병원 다니기 힘들면
큰애 자취방에서 지내야 할지도 모르겠다 하니
큰애가 내가 그럼 이리로 들어올까 한다
입술도 떼기 전에
엄마 있는 집이 깨끗해서 좋다던 둘째가 귀엣말로
언니하고 언니 남자친구 같이 들어와 지내라 하면 되겠
다 하니
엄마는 떼지도 못한 입술에 힘이 들어가는데
둘째는 알겠다는 듯 싱긋 웃으며
왜 속상해?
깨끗하게 정리해 논 집 쓰라 하려니
죽 쒀서 개 주는 것 같애?
엄마는 입술이 저절로 떼지고
엿듣던 아빠는 어 어 거리다 마당으로 나간다
죽은 다 쒔냐고
복실이가 뭐라 그러는 거 같은데 잘못 들었나?

반려견

추운 겨울이 지날 때면
마당에 서서

복실아 누룽지야
잘 견뎌 내었구나 고맙다
이제
봄 가뭄, 여름 태풍만 견디면
가을 쓸쓸하고 헛헛한 마음 빼곤 다
괜찮겠지

눈빛으로
다독거린다

가을걷이

들깨 기름을 유난히 싫어하는 내가
돌아오는 길 옆 깨 터는 냄새에
구수하게 입맛 다시는 혼란, 혼민

뭐라 뭐라 써 있는 폐 현수막을 둘러 벽을 세우고
노부부가 가을 땡볕에 도리깨질하며 깨를 턴다

내가 틸렸다

틸렸으므로 나는
들깨를 사랑하지 않아도 된다

가을바람

산을 깊게 만드는 숲이
얼마나 켜켜이 자신을 죽여 놓았는지
산그림자 끝에

바람이 서늘하게 불어 지나간다

바람 불던 날

　작은 언덕 너머 노인네가 겨울 난 마른 풀을 태우다 하늘에는 소방헬기가 날고 동네 사람들은 삽을 들고 뛰었다

　겨울바람은 겨우내 불어제치고 마른 가지는 밤마다 메마른 소리를 내더니 그 봄에 그 불길을 내고 목마른 속을 연기처럼 하늘 너머로 시커멓게 날리었다

　바람은 귀청이 떠나가는 프로펠라 소리로 고함을 치며 외롭지 않다고 했고 난, 외롭지 않았다면 고함이 들렸겠냐고 생각하며 귀를 막았다

　아침, 마당에 떨어진 까치 새끼가 까만 눈만 깜박이는데 못 본 척하는 내 마음을 아는지 모르는지 어미가 자꾸 깍깍거리고, 까만 재 까만 냄새 새까만 까치가 날아갔으면 바람 따라 하늘 너머로 훨훨 날아갔으면 하는데

귀 먹은 복실이

복실이는 이제 사람 나이로 백 살
귀가 먹었다

지가 먹을 아침을
지나가던
까치가,
설핏설핏 눈치 보는
고양이가,
까만 눈으로 두리번대는
마당쥐가,
앵앵 귀찮게 날아대는
파리가,

먹어도 모른 척하게
귀가 먹어버렸다
백 살 할머니가 된 복실이

복실이는 귀 먹어서,

보시(布施)를 한다

내생(來生)에 사람 될 연습으로 듣고 싶은 것이 골라 들
리기도 한다

해우(解憂)

새벽 눈발에
뒤 언덕 까치도 조용한데
누런 복실이가 끙끙대다
저보다 더
누런 똥을 눈다

새하얀 눈밭에
싯누런 개똥
차가운 바람에
뜨신 김이 폴폴

눈은 더 오겠다고
하늘은 또 흐리고,

새벽 똥이 시원하겠다

나비의 주검을 밟지 말라

나비의 주검을 밟지 말라

지난한 시간을 견디는 기다림 끝에
변태(變態)하여 하늘을 날아다니었으며
이제 그 날개만큼의 하늘을 접고 누웠으니

잠시 눈을 돌렸다 보면
작은 바람에
어느새 사라지고 없을 것이니

나비의 하늘을 밟지 말라

2부

국수나무

국수나무란 걸 알았습니다
옛날엔
귀한 날에 맛보던 거라던데
국수 말입니다
국수나무가 보이면 마을이 가까이 있다 마음
놓았다 하더군요
작은 키 나무의 조그만 공간만큼
너 내 할 것 없는 사람들과 조잘대는 뭇 새들과
가까이 지내 온
별 예쁘지도 않은데도 벌들이 모여드는
국수나무란 걸 알았습니다

무논

무논이 하늘을 비추면
하늘 속에서 백로(白鷺)가 내려와
일렁이는 하늘에 서 있다

하얗게 날갯짓 해도 하늘 속이렸다

헤집은 하늘가로
자전거 몰고 날아가는 김 씨

내일이면 모낼 거라고
개구리들이 시끄럽다

부활

크리스마스 새벽
예수 생일인데 우리가 왜 노냐고 어느 작가가
어느 넝마주이에게 말하게 했던 날

부활이 희망(希望)인가요?
짝짝 예수가 텁텁하게 손뼉을 치면 돌아눕는다
이 때를 다 벗기면 부활인가요?
짝짝 알몸을 바치고 미지근한 성수(聖水)를 받는다
갑옷 입고 곤봉을 휘두르게 조종하는 저 년놈들의
역겨운 거죽을 벗길 수 있나요?
짝짝
알몸을 다 바친 나는 돌아앉고
빤스만 입은 예수는 나의 번호를 확인한다

크리스마스 날
예수는 침울하게 박수만 치고
나는 돌아눕기만 하고

문을 열고 나서는 알몸에
확 하고 들이치는 이런 한기(寒氣)는
부활이긴 한 건가

소나무야 2

뒤 언덕 소나무가 누렇게 잎이 바랜다

죽지 마라
죽지 마라

죽겠다고 결심하던
절망의 하늘 아래
이 세상 모든 것이 다시 돌아갈 뿐이라고 되뇌이던,
낙엽 지는 마당에서

소나무야

흙내 나는 마당에 서서
혼자, 시들려 하는,
소나무를 불러 본다

소나무야 소나무야

소나기 오던 날

가는 길에 든 비
아무 처마 밑을 빌려 선 이들
낯설어 속 깊은 이야기 절로 돌려 가고

뒷방 이불에 드러누워
인생사 엿듣는
비 내리는 늦은 봄날

꽃은 제 빛을 빗물에 흘려보내고
주섬주섬 자리 뜨는 애달픔들

깜박 걷어찬 이불을 올려 돌아누우면
빗물도 한 걸음씩 떨어져 갔다

낙산사(洛山寺) 2

바다를 가슴에 담으련다
부처에게 세 번 절하고

가슴께에 막히는 사십 중반
요걸 풀게 해 주세요
인자 바다를 쫌 품그로

뭐라고?
뭐라케쌌노

부처가 목탁으로
엄숙히 숙여 절하는, 세일즈로 먹고사는
사십사 세의 대가리를 때린다

멀리서 보면
잔파도 잔물결이 시퍼렇게
왔다가 갔다가

나비

마당에
나비 한 마리

저보다 훨씬 작은
꽃

날갯짓하면
흔들릴까
조심조심

하얀 공중에 떠 있다

휘파람새

뒷숲에서 후이휘 후이휘
새가 날아왔다
나도 후이휘 후이휘
휘파람을 불었다
새는 귀찮은 듯 저쪽 숲으로 날아갔다
그래도 휘파람 소리를 일정한 간격으로
불러 주었다

나도
새도
……

혹시,

나 같은 놈하고
둘이 이러고 있나 싶어
얼른 집 안으로 들어온 등 뒤로
후이휘 후이휘

아흔이 넘은 처 외할아버지

요새는 감도 못 딴다
밑에 붙은 놈만 겨우 딴다

오토바이는 다리 힘이 없어서 타고 다닌다
안 그라모 어데를 못 다닌다
그래도 좀 다니모 시간이 잘 간다 아이가

……

이제는 시간을 보내야 하는 모양이다
그놈의 시간이란 것을

소연이 생일

막내 동생 생일이라 어머니에게 전화했다

와?
뭐 하노?
부페에서 밥 묵는다, 소연이 생일이라고
맞나
와 전화했노?
소연이 생일이라서
소연이 생일인데 와 내한테 전화하노
놓느라 고생했다고
아직 안 낳았다, 저녁 일곱 시 지나야 낳는다
그라모 고생하소
그래 알았다

바위 틈 소나무 한 본(本)

바람이 부는 데로
그리워하면
동해 푸른 물결이 다가와 줄까
바위 틈새 외로움이
온전히 나무가 될까

기다린다면 기다려지는 걸까

해후

숲속에 있으면
지나는 바람이 보인다
소리는 시공(時空)의 진동(振動)으로 오고
바람은 나무의 진동으로 온다
공명(共鳴)하는 나무 공명하는 나
온몸의 진동으로
나무를 만난다
바람을 만난다
숲속에서, 오랫동안 헤어졌던
나를 만난다
깊게 다독여 주는
나를 만난다

사람 말

말이 오해를 낳고
오해가 다툼을 만든다
해도
말을 하자
선문답은 도 튼 사람끼리 하라 하고
이심전심은 부처끼리 하라 하자
분석하고 해석하는 걸로 살든 말든 알아 하라 하고
우리는
싸우고 시비 붙어도
그냥 알아듣는,
사람 말로 하자

하늘에 대고

— 투병(鬪病) 투정

하늘에 대고 이제 됐다고 할까

걷지 않아도
나무들을 타고 넘어온
세월의 이야기들을, 바람을 느낄 수 있다고,
지긋해진 숨소리를 들려 줄 수 있다고,
하늘에 대고 속삭여 줄까
흘러오고 흘러가는 것들이
바람이 햇빛이 강물이 세월이
같은 곳이 아닌 어디로들 제각기
희미해져 간다고

잠깐이었지만 시간과 공간을
나도 통과해 왔다고 이제 그만 됐다고
하늘에 대고 투정 부려 볼까

햇볕 좋은 마당 한켠

조그만 동산 아래
햇볕 좋은 마당 한켠이면
참 좋겠다
그런 곳에서 시를 쓰면 참 좋겠네라 하지만
각자 온몸으로 써 내려가고 있는
각자의 시들이
세상이라는 종이 속에 아직도
굵고 얇은 획으로 쉼표로
하루하루 새겨졌다 지워졌다 하는 판에
시를 쓴다는 게 그저
햇볕에 몸 한쪽 내놓는 것이지
하지만 햇볕 좋은 마당 한켠은
아무거나 내놓을
아늑한 곳이라
참 좋겠다

봄이 될 거니까

몇십 년 되었을지 알 수 없는
시골 농가에 십삼 년을 살면서
군데군데 손보자는 마누라 말에
(일이 곧 망할 듯하여)
쓸데없는 데 돈 들이지 마라 했다
머리 파마도 하고 얼굴 피부 관리도 하라는 마누라 말에
다 된 육신에
쓸데없는 돈 들이지 마라 입에서 나오는 소리
간신히 틀어막고
좀 있다, 천천히, 봐서, 라 하고
마당 한켠 텃밭 꾸릴 가늠을 한다
좀 있으면 봄이 될 거니까

시간이 멈추면

시간이 멈추면
너도 멈춘다
소리도 숨결도
가장 머물고 싶은 순간에
영원토록, 멈춰 바라볼 수 있다
가장 행복한 순간에
……
시간이 멈추고 너도 나도
멈춰,
바라보기만 한다
……
시간이 멈추고 나면 영원(永遠)은 무엇일까

3부

잘그락대는 잎들의 소리

잘그락대는 잎들
오전 햇빛에 깜짝 놀라
지들끼리 조잘대는 소리가 모래알 같다
손가락 같은 바람 간지러운 수다
지나가는 자가 신경 쓰이지 않는 듯,
밤새 참았던 거라 더 잘근잘근
종종걸음 하는 참새 같다
뜨거워지기 전에 여기서 쉬었다 가야
한댔다고 오늘 비 올 일은 없지만
애들 옷 하나 더 챙겨야
될 것 같은데 이것저것 바빠 벌써
시간이 이렇게 지났다는
이 주머니 저 주머니 주섬거리는 손짓만큼
할 얘기 남겨 둔 게 아쉬워
내일 또 보자는
명랑한 새댁 같다

오타

우주의 악보 한 마디가 툭 떨어진
시(詩) 같은
이른 여름 청명한 아침 눈 시린 시공(時空)

하나둘씩 틀리기 시작했다
하루가 재미있어졌다

모기

한겨울이라도 아파트 현관을 통해
몇 해 묵은 듯한 시커먼 모기가
자객처럼 잠입한다

생때같은 자식들을 위하여
온갖 욕망을 집중시키던 주둥이로
벌겋게 빨아대던 애송이의 시절,
피 터져 죽어 나가는 이들을 지워버려야 산다고
살아 식구 멕일 수 있다고,
모두 처음인 생에
머리 디밀던 시절은 찬바람 불며 지나갔더랬다

거실에서 놓친 첫 대면은
현관 화장실 부엌 방 들을 샅샅이 뒤져도
해후할 수 없는 깊은 어둠으로 떨어졌다

시커먼 모습과는 달리
이미 지친 삶은

욕망으로 존재하진 않는다
갈 수 있는 시간을 위하여
마지막 안간힘으로 방구석 틈
초라한 그늘을 비집을 뿐이니
먼지처럼 잊어 주어야 한다

같은 지붕 아래
그 정도의 아량은 베풀어 주어야 한다
그만 각박하게

난 잠입한 것이 아니라 휴식
하려는 것이오, 믿진 않겠지만
각박하지 않게 그저 한구석 빌려 주오

난 아무것도 하지 않았다

난 아무것도 하지 않았다
니가 날아와 그 오이 지지대 끄트머리에 앉았지
니가 불편할까 담배 피는 손도 조그맣게 움직였을 뿐인데,

이리저리 사방을 보는 듯하며
나를 주시하는 너는
금방 날아갈 듯 날개를
파드득 파드득

난 아무것도 하지 않았고
니가 내 앞에 날아왔을 뿐이다

넌 내 조그만 움직임에 놀라, 날아가면 되지만
난 날 수도 갈 수도 없다

니가 왔고
니가 갔다

난 아무것도 하지 않았다 2

난 아무것도 하지 않았다

나는 가는 중이고
그 길에 니가 나왔을 뿐
담배를 피우며 눈동자를
두리번두리번

나는 가고 있고

너는 잠깐 들렀을 뿐이다

김추자의 노래는 슬프다

김추자의 노래는 슬프다
베스트 20 모두 슬프다
술잔으로 희희닥거리며,
삶을 떨쳐 일어나려는 생명을
노리개 삼는 그들 앞에서
노래는 참 슬프다

김추자를 슬퍼하는 자가
실지로 슬픈 자이다
사내…들…답지 않게
그걸 슬퍼하기 때문이다

김추자부터 김추자를 슬퍼하는 자까지
노래는 참 슬프다

변태(變態)의 꿈

뽕잎차를 마시다
하얗게 변태의 꿈을 꾼다
나서 여긴가 했지만 갈 곳과 갈 때를 몰라
변태를 갈망하던 삶에
뽕잎차를 마시고
하얗게 변태의 꿈 속에 빠져든다

내가 깨뜨려야 나올 수 있는 바깥 그곳은
나는[生] 곳 가는[行] 곳
가는[沒] 때를 아는[覺] 것
푸른 허공의 바람결일 거야

안도의 숨

뱀 한 마리가 두렁을 지나 논으로 들어가는 걸 본 외할
머니가
어서 잡으라 소리를 쳤다
신발을 움켜 쥐고 뱀에게 다가갔다
어머니는 눈을 찡긋거리고 고개를 저으며 입 모양으로
잡지 마라 잡지 마라 했다
난,
땅바닥을 기어 살고 있는 삶에 대고
휘어이 휘어이 가라 가거라 하고는
안도의 숨도 휘이 내쉬었다

어머니는 아들을 지켰고
아들은 두려움을 피했고
할머니는 논에 들어갈 때마다 신경이 쓰이게 되었다

타임머신의 슬픔

타임머신의 슬픔은

지나간 것을
지금도 볼 수 있다는 것

정작 슬픈 건

다가올 미래를
지금 볼 수 있다는 것

이미 정해진 앞날이 있다는 것

예쁘나

어릴 적
친구가 여자를 사귀게 됐다고 하면
모두들 한마디로 물어보는
예쁘나
그 예쁘나가 미모만이 아닌 걸 알게 되는 만큼
인생의 깊이가 달라지겠거니

오십이 넘어
어머니는 곱고
마누라는 예쁘다

먼 산

손잡아 보기엔 아련히 남겨 두고픈
처다보면 오히려 들리는 모습
비 그친 날 초록빛 살랑이는

어렴풋이 보고 싶어질
저기 저

먼 산

고시레

아버지 돌아가신 지 만 삼 년이 지나고
형은 달집에 아버지 지갑을 태웠다
그 즈음부터 난 음식을 자주 흘렸고
아버지가 남긴 붓글씨들을 어찌할까 고민했다

태풍에 파도치던 동백섬 바위 위에서
고동을 까 먹으며
성난 파도를 같이 바라보던 내 유년의 아버지
몇 편 남겨 놓은 아버지의 시(詩)들을 노트에 옮겨 적으며
또 흘린 음식 조각을 남겨 놓는다

형과는 집안일을 의논하고
나와는 싱거운 농을 즐겼던 아버지
놓아 드렸다고 생각하고 있었지만
떨어뜨리는 음식을 주워 담지 않았다

일석이조

맨발 걷기 하는 오솔길,
수건으로 날파리를 쫓다가
앞서가는 마누라 등을 탁탁 두 번 친다
……
시원해?
……
응
……
나도
속이

낮잠

코를 골았나
설거지하는 아내 등에 대고 말했다
붉은 고무장갑을 끼고
그릇을 헹구며 말이 없다
일에 치인 속도 모르고 꿀잠을 잤었구나
살짝 돌아서서 방으로 들어가는데
큰애가 말했다
엄마 이어폰 꼈어

빠라빠빠 빠라빠아
이어폰 끼고 설거지하는 아내 등에 대고
어깨도 둥실대며
빠라빠빠 빠라빠아

갈피

어느 시공을 헤매다
무엇이 궁금하여
세상에 고개를 내밀어
봄

어디에 꺼내 볼까
세상의 햇살에 바람에
간직한 것들을
여름

그 이후론 내가 내 것인지
알 수 없는 열기에 휩싸여
가을, 겨울 하다

이렇게 헤매던 게
그전의 봄맞이
궁금하던 그 시공이었네

가난한 나무

아침 녘
길가에 눈이 내렸습니다
뒷산 나무들은 말하지 않았지요
바람만 눈발을 그려내었습니다

지나간 날들이라며
자꾸만 되새기며
흩뿌렸습니다

쌓여
고요할 줄 알았나 봅니다
쌓여
덮일 줄 알았나 봅니다

나무가 몸 틀며
다시
그려내기 전, 까지는요

산과 다람쥐

다람쥐가 겨울 채비를 하면서 숨겨 놓은 도토리를
거의 다 잊어버려 숲이 풍성해진다 하네

바로 까먹으면 안 까먹을 텐데
안 까먹으니 까먹어 버리지

까먹어도
안 까먹어도

겨울 나며
산과 같이
산다 하지

4부

줄타기

사람들이 모인 마당에서
사내는 줄타기를 하고

박수 소리 따라 비둘기 한 마리 선을 그으며 날아가면

저 높이 비행기가 꼬리로 흰 구름 띠를 풀어

이 줄을 타라고
지르는 소리가
한참을 지나서 들려오고

항암 탈모(抗癌 脫毛)

가을 드는 햇볕이 아직 따가워
발치께 두고 마당에 앉아
모자에 달라붙은 머리카락을 떼 낸다
떼 내는 만큼 생각이 없어지려나
떼 내는 만큼 그저 비워지려나,
나무가 떼어 내는 것이 낙엽이 되고
구름이 떼어 내는 것이 눈이 되고
그렇게 떼 내도, 난
나무와 구름과
낙엽과 흰 눈을 생각하며
비우는 것 없이 또 채워 넣다 보면
발치 앞의 햇볕이 조금씩 더 동쪽으로 드러누워
지는 해가 다시 떠오를 곳을 가리키고 있다

도심 산사(都心 山寺)

대웅전을 흘깃 보다
부처와 눈이 마주치는 순간
마당을 가득 채우는 허공 탓에
목탁 소리 듣지도 못했네
종소리 풍경 소리
탑을 돌아 걷는 걸음
노을같이 눈시울 흐려지게
부처의 미소를 흘깃 보다
산 아래 줄지은 자동차의 불빛에
어둠이 깊은지 알았네
산속에선 지긋이 내려가라 하고
빨간 불 파란 불 신호등이
틈 없는 곳에 틈 내려 하느냐고
틈 내어 주며 깜빡거리네
떠밀리는지 끌려가는지,
촛불 앞에 부처는 가부좌를 틀고 손가락을 튕기며 세월 속에
허공을 심어 놓았으니 찾으면

다시 오라 하고 목탁을 그새 밀어 내놓았네

잘못 든 길*

우리는 알 수 없다
잘 든 길인지 잘못 든 길인지
비교할 수 없기 때문에 판단할 수 없다
내가 걸어온 길 외에 어떤 다른 길을 가 보았을 수 있
는가
다 상상과 바람을 만드는 다른 사람의 길과 비교한다

나의 길은 내가 걸어와 만든
그저 나의 길일 뿐이다
잘못 든 길도 잘 든 길도 아니다

비교할 수 없는 것을 비교하느니
나의 길을 걸어온 나의 발과
나의 가슴과 나의 두 손을
지긋이 바라보자
나의 길과 내가 결국 하나였음을
평온하게 받아들이게 된다면
가 보지 않은 길이 사랑스러운 눈빛으로

내 앞에 유쾌하게 다가오는 것을 볼 수 있게 될 것이다

* 외국 시 번역 투로 씀.

애초에 없는 것에 대한 고찰

귀신은 무엇으로 세어야 하나
애처롭게 어두컴컴한 구석에서
어떻게 헤아려져야 하는지도 모른 채
바라보기만 기다리는
애초에 없는지도 모르는
귀신은
마리, 개, 명, 촉, 홉, 줌, 토리, 벌, 첩……
무엇으로 꼽아야 하나

눈물 흘러가듯이

시간이 흘러가고 우리네 삶도 흘러가고, 나문희 할머니
가 조덕배의 나의 옛날이야기를 부를 때, 지나온 생을 담
담히 담아, 마당을 바라보는 마루에 걸터앉아 들려주는 As
Tears Go By, 눈물도 흘러 지나고 어린 애들은 새로운 것들
을 만들어 가는 세월, 한 사람이 자기 평생을 거의 살고 들
려주는 옛이야기에는 가슴으로 파고드는 무엇이 있어, As
Tears Go By

의사소통*

의사소통의 수단이 소리가 아니고 색채라면
소리 → 공기의 파동
색 → 빛의 파동
지는 햇빛, 노을이 무슨 말을 하겠네

시끄러워 눈을 감은 결에는
꿈같이 나와 내가 이야기를 나누겠네

이윽고 파동을 일으키는 깊은 그것을
무심하게 엿들을 수 있겠네

* 김초엽, 「스펙트럼」(『우리가 빛의 속도로 갈 수 없다면』, 허블, 2019)을
읽고.

사춘기

커피는 갈고
먹은 사서 쓰며
묵향과 커피 냄새를 섞는다
그나마 시원한 바람이 부는 여름 아침
피아노 소리와 필사할 시 한 편을 앞에 두고
피아노 마디에,
앉아 지새던 커피숍 구석 자리 그 시절에 묶여버렸다
돌아오지는 않지만 여기저기
어쩌면 이렇게 틈틈이 끼어
나를 더디게 한다

쓸쓸한 바닷가를 유치하게 걸어보고 싶다
펄럭이는 옷깃에 고개 묻고 혼자만의 멋을 부리며
어그적 모래사장을 걷고 싶어졌다

애매모호

MT 가서 술 먹고 토하다 꼬꾸라져 머리를 부딪친 후배
들쳐 업고 응급실 갔던 날
계속 토하는 후배 걱정하는 우리에게
술 때문이야 의사의 말

길을 가다 갑자기 든 생각에 헤매다가
가려 했던 길 놔두고 평소 가던 길로 가고 있는 나를
발견하게 되는 상황은
무의식의 발로(發露)라 주장하는 학생에게
습관이야 교수의 말

아무리 건드려도 꿈쩍하지 않는 386 컴퓨터로 땀을 쏟
아붓다
컴퓨터 수리점에 번호 눌러 통화하는 나에게
전원 쩍 꽂아보라던 사장님의 말

술을 줄이고
좋은 습관을 기르고

차분히 따져 가면 잘될 것이라고,
명확한 것 같다가도

찾고 들던 결론은
가리키는 바가 애매(曖昧)하고 뜻의 경계가 모호(模糊)
하다
국어 문제 정답처럼

망망대해의 나뭇가지

망망대해의 나뭇가지 하나,
에 매달린
그니의 바다는 망망대해
물고기도 새들도 그 넓고 깊은 속에
무서워 찾지 못하는,
거기에 매달린
그니의 망망대해의 나뭇가지 하나
속에서 바라보면 푸른 하늘이
파도에 흔들리는 것이 보이는
물의 몸속은 망망대해,
를 둥둥 떠도는
나뭇가지 오로지 하나

황도복숭아통조림

황도복숭아통조림을 박스째 실어 나르는 트럭이 앞에 섰다. 아직도 황도백도복숭아통조림이 있었네.

병문안 가서 먼저 왔다 간 사람의 황도복숭아통조림을 먹고 내가 사 간 황도복숭아통조림을 두고 오던 시절이 있었다.

내가 남겨 둔 만큼 뒤의 사람이 받을 수 있겠지 이 세상에 남겨 둘 수 있다면, 하던 생각이, 남기는 것이 흔적이 되고 흔적을 남기지 않으려 해도 남게 되는 것이 흔적이란 걸 알게 되었고, 무엇을 남기느냐가 중요했다면 지금은 어디에 남길까 아니 어디에 남겨지게 될까 하고 되뇌이는 나이가 되었다.

병상에 누웠던 환자는 남아 있는 황도복숭아통조림을 퇴원할 때에야 가방에 넣고 간호사가 침대를 정리하며 흔적을 지우는데, 가끔씩 황도복숭아통조림은 옆 침대 환자 식구 손에 남겨지기도 한다.

갑자기 알 것 같았다

아하 그땐 죽는 줄 알았지요. 스쿠터를 타고 가다 승용차와 정면 충돌해 공중을 몇 번 돌다 살아난 친구의 이야기였다. 갑자기 알 것 같았다.

늦은 밤 농로(農路)에 취해 쓰러져 있는 몸 위로 차가 지나가 몇 번의 수술로 기적적으로 살아난 애 친구 아빠의 이야기며, 팔십 알을 모아 한 번에 먹어야 할 것을 살짝 약해져 몇 알 남기고 먹는 바람에 극심한 구토와 고통만 겪었다는 이의 이야기.

술 한잔 하면 뜨거운 눈시울에 노랫가락 구슬피 부르던 내 할머니들의 목소리. 영정 사진 가슴에 안고 걸어가는 아이 뒤로 검은 상복에 며칠 눈물에 지쳐 얼빠진 듯 따라가는 젊은 아낙의 힘겨운 걸음걸이.

내 아이가 타고 있는 배가 가라앉고 있는 모습을 몇 날 며칠이나 생중계하는 장면을 가슴속에 후벼 넣고 있던 부모들의 피눈물. AI가 동작하게 만든 수의(囚衣) 차림의 유

관순이 만세를 부르며 활짝 웃는 얼굴, 가슴에 적힌 수인번
호 371.

　아

　난 그저 살다 닥친 암으로 수술 한 번 한 사람, 병을 치
료하며 요양하고 있는 한 사람이란 것을 갑자기 알게 되었
다. 그 속에 잊혀지지 않는 괴로움이란 발병원이 있든지
말든지.

태워서 보내다

불꽃도 무거워 검은 손짓만 올려 보내다
쥐었던 모든 것들을 놓아야 올라갈 수 있어,
태워서 태워 보내다
욕망(慾望), 열망(熱望), 기원(祈願), 서원(誓願) 끼얹어 활
활 태워
그 태움 끝에다 훨훨 태워 보내다

부처는 그조차 꺼버려야겠다고 열반(涅槃)이라 하고
허허허(虛虛虛)

그나마 한 줄기, 티끌만큼이라도 바라는 것이 나에게
있어
태워서 보내다
검고, 깊디깊은 하늘 속으로
태워서 보내다

아내에게

천 년 전 우리 네 식구가 너무 좋아서 우리 네 식구 한 번 더 모여 살자 했다던 그래서 우리가 지금 이렇게 만났다는 당신의 말을, 내 본적지 합천군에서 발행한 혼인신고서 날짜가 0997년이라 되어 있는 걸 보고 나는 믿었다. 증거가 없더라도 좋았을 것이다.

그냥 이번 한 번만 더 만나 행복하게 지내고 이제 각자 가고 싶은 곳으로 가자 하고. 이렇게 다시 모인 게 알고 보니 당신의 욕심인 것 같더라는 당신의 말. 싫었으면 우리가 이렇게 다시 만나고 있겠나.

우리가 이렇게 행복해 하며 살다 하나씩 헤어져 자기 갈 길 찾아갈 때, 너무 아프지 않았으면. 아프지 않으면 절대 못 잊게 되고 때때로 그리움에 가슴 푹 쓰려 며칠 밤씩 지새게 되더라도, 서로 너무 아프지 않게 헤어질 수 있다면 좋겠다.

시인의 말

일이 커지고 있었다
어렴풋이 가늠하고 있었더라니
며칠 비운 사이에 풀들이 잽싸게도 자랐다

만들지 않으면 있지도 않을 것들에 마음을 주니
 내 존재가 훨씬 부담스럽지 않아졌다 목록들이 하나씩
빈틈을 메우는 게 보였으니
 마치 못 살아 바둥거렸던 것같이 투정을 한다
 육십 바라보는 얼굴에 어리광 끼가 가득하다

2024년 가을
박봉수

박봉수 시집

잘그락대는 잎들의 소리

초판 1쇄 발행 2024년 10월 14일
초판 2쇄 발행 2024년 11월 1일

지은이 박봉수
펴낸이 오은지
책임편집 오은지

펴낸곳 도서출판 한티재
등록 2010년 4월 12일 제2010-000010호
주소 42087 대구시 수성구 달구벌대로 492길 15
전화 053-743-8368 팩스 053-743-8367
전자우편 hantibooks@gmail.com
블로그 blog.naver.com/hanti_books

ⓒ 박봉수 2024
ISBN 979-11-92455-60-0 03810